U0026290

鬧一波大師 著
來去鬧一波！
歐痞康島尋寶桌遊

自序 讓鬧一波在你的心裡占有一個位置（好嗎？）

大家好，我是鬧一波大師，其實也沒想過會出書，掙扎了很久原本想放棄了，但很多事情不能輕易放棄啊！是說鬧一波大師的誕生也很奇妙，所以人生中第一本圖文書也一樣就這樣奇妙地誕生了（似乎……拖了很久！真的要感謝出版社的強大支援），感覺圖文作家或漫畫家好像必須要有個出版作品（遠望），這本書至少也拖個一年多有了！每當要開始畫的時候，就碰上了工作而延期，就這樣拖著拖著，現在終於完成了。

這本書的內容是個全新的奇怪故事，發生在「歐痞康」島。沒錯，就是挖鼻孔的台語，是為了這本書而架構的新場景。而故事的內容一定要很鬧、很無厘頭、無邏輯，這樣才有鬧一波的精神。裡面也有我臉書上的平面舊作品，讓大家回味一下，各時期不同的畫風。真是個奇怪的作家，畫風每年都有變化（作者心，海底撈……好啦，不好笑），希望老粉看到可以很感動，也希望第一次看到我作品的人能引起

自序

你們的共鳴。也因為這次的故事設計了桌遊，讓大家可以更深刻地進入這奇怪的鬧世界，體會一下無言的快感，看書的閒暇之餘，還可以玩桌遊拉近彼此的距離呢！（原來是一本兩性交友的書啊！）

希望在你們心中，我可以占有一個小小的空間，記得我是誰，曾經有個作家讓你看了歡笑或是尷尬癌發作。在這個資訊爆炸的時代，網路的洪流裡，鬧一波人生鬧劇曾經住在你心裡，一個月租金多少等等（喂，不是！說好的感動呢？）好啦，最主要就是希望帶給大家歡樂，只為了博君一笑，這本書故事的內容我沒有多提，是希望大家自己去看（命令狀）！喜歡的話也可以推薦給親朋好友，看書還可以玩遊戲順便交友是不是很划算（認真臉）！然後方便的話，也可以上臉書幫我按個讚喔！啾咪～（趁機宣傳）

看到這邊，真的要感謝你，因為你已經拿起這本書看到這邊了（喂），現在要人掏錢購買，真的跟爬喜馬拉雅山一樣難啊！連粉絲都不一定會購買呢（抱頭痛哭），所以真的非常感謝你的收看，希望你會喜歡。

目錄

自序：讓鬧一波在你的心裡占有一個位置（好嗎？） 002

鬧1波 歐痞康島我來了！ 007

歐痞康新聞 郝棒棒為什麼愛挖鼻屎？ 012

鬧2波 大師的推理 013

歐痞康新聞 慈善大老到底是做什麼的？ 020

【人物介紹】郝棒棒・龍爸 021

【人物介紹】鬧一波・水妮 022

鬧3波 喪屍阿公 023

歐痞康新聞 阿公的陰屍路 028

鬧4波 師父的禪意 029

歐痞康新聞 師父的日常 034

【人物介紹】阿公・璃蟲 035

【人物介紹】師父・羊央 036

鬧5波 神隱少年A 037
歐痞康新聞 朋友A隱身時在幹啥？ 042
鬧6波 莉莉的徵友 043
歐痞康新聞 鬧一波與莉莉的假日約會 048
【人物介紹】朋友A・袋鼠管家 049
【人物介紹】莉莉・大師的姨丈 050
鬧7波 女超人阿嬤 051
歐痞康新聞 Baby的身世大調查 056
鬧8波 正邪有夠力 057
歐痞康新聞 罵吉大哥不為人知的過去 062
【人物介紹】阿嬤・Baby 063
【人物介紹】罵吉大哥・慈善大老 064
鬧9波 捉迷藏大賽 065
歐痞康新聞 傳說中美味的炸雙胞胎 070
鬧10波 最終大解密 071
歐痞康新聞 阿東與不知多少大盜 076
【人物介紹】阿東・駱駝老闆 077

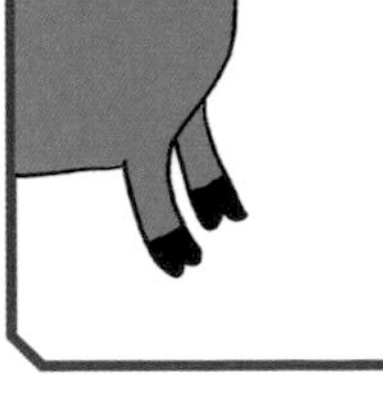

【人物介紹】朋友A的妹妹・兔子 078

持續波 展開尋寶之路！ 079

【人物介紹】修個椰子皮師傅・熊媽媽 084

番外波 鬧一波大師的私房寶 085

念念不忘，必有迴響 086

暗示也是種可怕的力量 087

生活就是一首命運交響曲 088

腦海中稍縱即逝的禮物，就是領悟 089

頻率不對，激發生存意志 090

台下比台上精采的人間劇場 091

享受邊緣人的寧靜，一個人也能很紓壓 092

歐痞康島尋寶桌遊 遊戲規則 106

鬧1波
歐痞康島我來了！

年少小動作，蝴蝶大效應，
警校畢業生的就職冒險！

歐痞康島我來了！

畢業典禮
GOOD KIDS POLICE ACADEMY
好孩子警察學校畢業典禮——
咳咳，我是校長。恭喜今天也能畢業的大家。
校方將依學業成績分發各位的服務區域。

金鑫鑫，財富市。
林森森，山城鎮。
洪水水，泥沼村。
哈哈……我第一名畢業，應該會被分派到最好的單位吧。
郝棒棒，歐痞康島。
咦？
是！
???
??
為……
為什麼？
沒有道理呀！
全校課桌椅就你黏的鼻屎最多，所以派去「歐痞康島」算是因材適用。
坐渡輪三分鐘就到歐痞康島了，
那裡很輕鬆的啦！
科科！
踢
死亡渡船頭

校長閃得這麼快……感覺事情不單純……
哈哈哈哈哈
渡船頭
這葉扁舟能渡海？
啊船長咧？
我就是船長龍爸！
正職是主持人，划船是兼差。
是烏龜？
喂~
綜藝摔
來吧，上船了。
會不會……
載我去龍宮，然後上岸我就變成老人？
你說的是日本的民間故事吧？
歐痞康島比你想得可怕喔！
讀心術？
這樣也聽得見？
龍爸，還是先開船吧。對了！船資要怎麼算？

用這個桃子抵就可以了。
龜殼偷桃？
我要無後了嗎？
啊！
嘿！
抓
喔！
到岸了，再說囉。
啊？到底為什麼啦！
來這島上的警察，從來沒有一個能回家的。
啊？為什麼？
還有這事爲什麼船出了海才講？
別……別鬧了啦……
似乎有大師等著你的到來。
這人到底是……？

歐痞康新聞
OBK NEWS

郝棒棒為什麼愛挖鼻屎？

在學期間成績表現優異的郝棒棒，結果因為愛挖鼻屎的不良生活習慣而下放歐痞康島。警察學校果然最注重德行成績，大家對警察要多點信心。

據私底下的調查顯示，郝棒棒在課桌椅下黏的鼻屎高達 1461 顆（好驚人的世界紀錄，課桌椅竟承受得住）。經過鬧一波超得意的推理，剛好跟郝棒棒就學四年的總日數相同（包含閏年加一天，生活小常識在此傳授一下）！

原來就像魯賓遜漂流荒島用石刻計算日子相同，郝棒棒是藉此算日子。只要當過兵的朋友們都知道，數饅頭度日的感覺大致如此，原來郝棒棒心裡想著趕快畢業，能夠服務大眾，用心良苦卻沒有被人發現……

由於沒得到郝棒棒本人的回應，我們暫且相信真相就是這樣吧！歐痞康新聞胡亂報到此告一段落。

鬧2波
大師的推理

像神般現身的鬧一波，
展現有如神助的神推理！

大師的推理
好似港口的媽祖像般地矗立著，這堅定的眼神……
到底是何方神聖？
龍爸，我託你買的遊戲點數卡買了沒？
啊！我忘了。
哎喲！

大師的推理

你哪次記得！看我的太陽穴攻擊！
啊！
轉
嗚～～
轉
欺負弱小動物嗎？
看來要執行我的首次任務了！
別動！我是……
先別急著表明身分，
啊？
讓你見識一波大師超強的推理力！
他可是號稱歐痞康島的偵探柯南！
這樣不就會有很多死人嗎？
從你的帽子和服裝來推斷……

你是黑貓宅急便！
我到底要綜藝摔幾次？
膝蓋還行嗎？
猜宅急便就算了，黑貓是哪來的靈感呀？
扶帽
啊！
因為在你旁邊有一隻貓。
這……竟然為了自己出場率近乎零的愛貓刷存在感，我也是服了你。
水妮
我是新派任的警察郝棒棒啦，請多多指教！
不就和我猜的差不多。
好像有點多耶。

能麻煩你們告訴我警察局在哪嗎？
他講話一定要這麼大聲喔。
在問警察局喔？我帶你去！
忽然出現
啊？你是？
他是島上有名的慈善家，叫做慈善大老。
啊……失敬。
POLICE OFFICE
警察局就在歐痞康島的鼻孔裡。
感謝！那我這就過去了！
慢著，慢著。
先把這個月的房租繳了才能去。
噹！
啊？房租？

因為整座島的建物地皮都是慈善大老的。
慈善家炒地皮喔？
臭小子！和我販毒及走私軍火比較起來，這不是慈善什麼才是慈善？
轉
轉
不小心說出自己的齷齪事了吼！我要逮捕你！
啊！糟糕！
小……小老弟，那房租免了，剛剛的事當我沒說好嗎？
喔……好像也挺划算的。
這惡棍怎麼感覺有點單純？
這單純的小子怎麼感覺有點惡棍？
走，我帶你去！

POLICE OFFICE
於是安置好的郝棒棒，開始了島上的生活。
趁著美好的晨光去巡邏一下吧！
我是月光耶，這警察眞的靠得住嗎？
好和平的鄉間，
也許校長說得沒錯。
咦？前面那個是……
搖晃
搖晃
喪……
喪屍嗎！
呼～
呼～

歐痞康新聞
OBK NEWS

慈善大老到底是做什麼的？

這回中的亮點，是慈善大老為什麼會這麼好野（這也算亮點？）相信讀者很想知道。歐痞康新聞秉持著專業和社會責任，保障大眾有知的權利（知道這個要幹啥），更懷疑是作者隨便胡謅出來的梗，決定深入調查。（題外話：記者因而收到許多作者打來的關切電話，威脅要關掉新聞台，但記者勇往直前，不懼強權。）

因為江湖上傳言慈善大老是做軍火生意起家的，記者決定從這條線來調查，黑市交易感覺上中東和北韓最有可能是買家，但記者很怕熱，所以放棄了中東這條線，決定去北韓一探究竟，說不定能從金小胖那邊得到第一手消息。

結果記者在辦護照的時候，正值 38 度線有士兵逃亡，因而被拒絕入境。傷心之餘只好轉進首爾旅遊（什麼神邏輯），在逛街的時候，看見了暢銷商品「歐痞康葡萄乾」（怎麼有種葡萄乾＝鼻屎的聯想）罐上面竟然有慈善大老的名字！原來如此！

人物介紹

郝棒棒

鬧一波家族第一次登場的新角色，警察學校第一名畢業的高材生。興趣是挖鼻屎，也因為這個嗜好，讓他幸運地被調派至諧音相同的「歐痞康島」，展開了不知道是幸運還是不幸的職場生涯。

龍爸

歐痞康島接駁船的船伕，但正職是拿著麥克風的主持人，標準在夢想和現實中掙扎的角色。大絕招是「龜殼偷桃」，就是用龜殼去抓新鮮的蜜桃，但這個絕招對社會有什麼貢獻還在研究中。

人物介紹

鬧一波

本故事的主角，傳說也是作者的分身。無厘頭愛鬧是他的人生座右銘（這會是什麼樣的人生），推理是他的長項（雖然方向永遠是錯的），自認為長得很可愛，會是發展周邊商品的好角色。

水妮

據說也是作者現實生活中養的貓，出場率近乎零（但本書出現好多次耶），雖然如此，每次現身都很搶眼。水妮的名稱是否來自水泥，這事如果你知道，你就是大師了。

鬧3波
喪屍阿公

暗夜中搖晃走來，
嘴角含血的蒼白身影到底是……

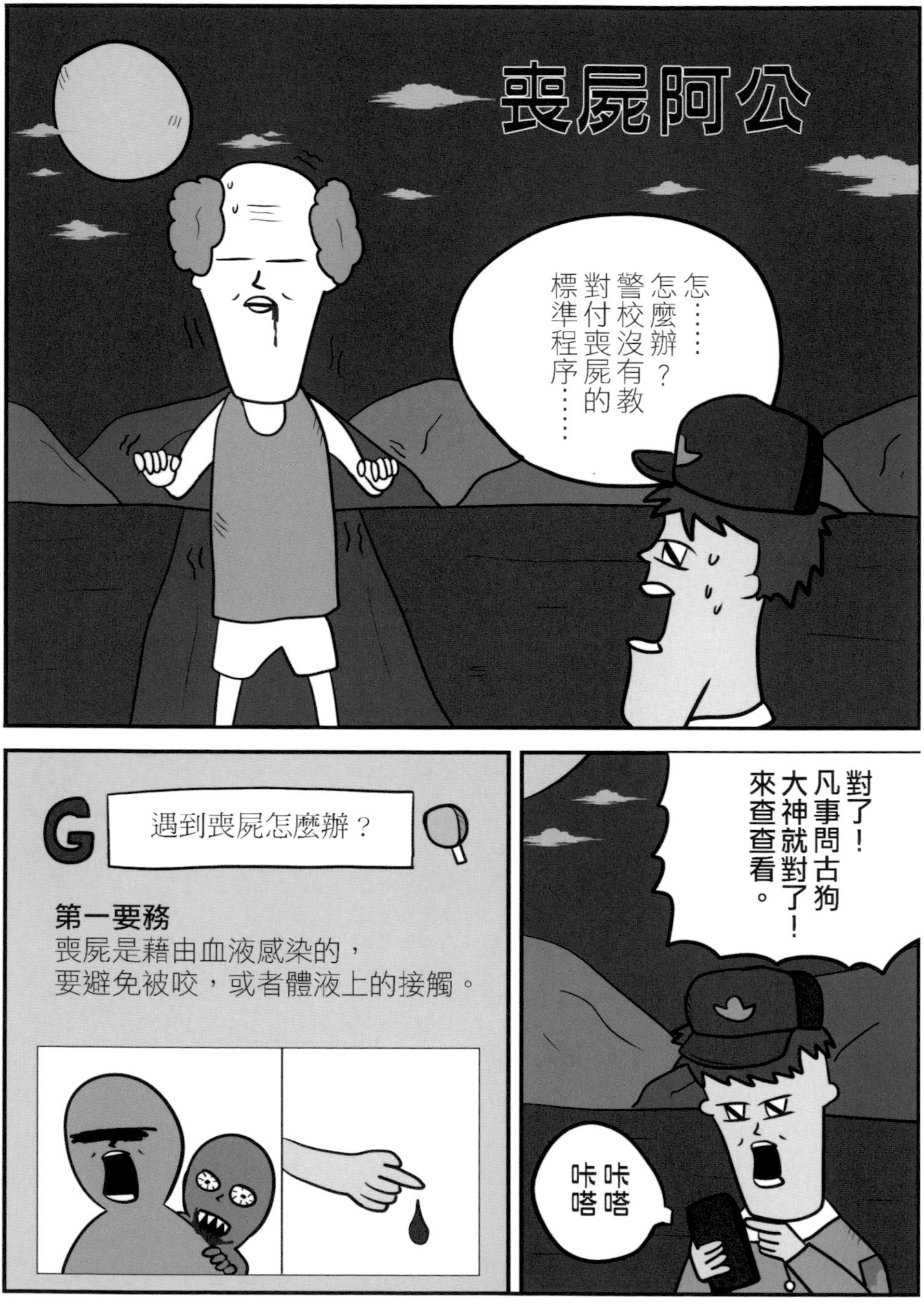
喪屍阿公
怎……
怎麼辦？
警校沒有教
對付喪屍的
標準程序……
對了！
凡事問古狗
大神就對了！
來查查看。
咔嗒
咔嗒
G
遇到喪屍怎麼辦？
第一要務
喪屍是藉由血液感染的，
要避免被咬，或者體液上的接觸。

噴！
是喪屍的血！完了！我也要變成喪屍了！
滴！
啊？咦？
原來如此……
好家在，還好當年氣味辨別學我得滿分！
再來查查怎麼消滅喪屍。
嗅！
啊？慢著，這味道是……檳榔汁？
用槍轟嗎？但他看起來像和藹的阿公耶。
G
怎麼消滅喪屍？
必須將其腦部完全轟掉，然後將軀體火化。

郝棒棒……
啊！喪屍！
砰－！
原來是鬧一波大師，嚇死我了。
射到我了啦～
阿公的腦袋早就空了，你轟爆也沒有用啦！
這樣說長輩好嗎？
而且你犯了一個大錯，東方的喪屍怎能用西方的方式解決呢？
閃亮！
東方的喪屍稱為殭屍，只要貼符就可以讓他停止動作了。
有道理！不愧是大師！
但……我沒有符耶！

紙鈔也可以。有一千元嗎？一百元法力不夠喔。
啊！有。
只要貼在阿公的額頭。
壹千元
喔！吉千摳。
乖孫，我又夢遊囉？
嘿呀，阿公。
看
啊……
港款，一人分一半~
厚！
阿公睡前賣剝檳榔，夢遊會噎到危險啦！
好呷咩！
我……是不是被騙啦？

歐痞康新聞
OBK NEWS

阿公的陰屍路

阿公夢遊的習慣，據說是國小的時候開始的。時值第二次世界大戰期間，民生困苦，大家的主食就是長輩們至今談之色變的番薯籤。阿公家更慘，連番薯都沒有，偷鄰居家的番薯偷到鄰居家也沒得吃了。看著日本軍營還有少許的肉類，只能看著嘆氣，因為日本軍人很嚴厲，如果下手被捉到，後果連想都不敢想。

有一晚，阿公的爸爸吃著雜草煮成的湯，忍不住說了：「唉～人窮，連夢想都不敢想。」
阿公聽到這句話，突然靈光乍現，大叫：「說不定『夢』可以拯救我們喔！」於是阿公告訴爸媽，他可以偽裝成夢遊，到日本軍營咬肉出來，萬一被捉到就假裝突然醒過來，說自己有夢遊的毛病，加上日軍看到這有點恐怖的畫面，應該可以諒解。

沒想到這方法救了全家，也養成阿公夢遊的習慣，其模樣後來還被大受歡迎的「喪屍電影」師法，但他的夢遊病卻也從此沒有好過。

鬧4波

師父的禪意

說即是空，空即是說。
師父你到底有說還是沒說？

師父的禪意
歐痞康島的山頂，
住著一位師父，
平常和羊央相依為命。
在這裡
鼻上有痘直須擠，
莫待無痘空笑夢。
（好詩好詩）
因為帶著「仙」氣，
所以成為島上居民的
精神導師。
師父身上的
「癬」好多，
多少吃一點
補一補。
好多年沒錢去街上
洗泰國浴了，不知
道小姐換了沒？

師父的禪意

他也是島上居民大小事諮商的對象。
大師，我是璊蟲，一直為身上的腫瘤所苦。
唬
很簡單，只要被單洗乾淨，避免螨蟲滋生就行。
諮詢費 50元/分
熊媽媽我，有在路上看到什麼就想收養的習慣。
以後專心收養掉在路上的錢，然後交給師父保管就行了。
師父，我該怎麼改掉愛哭的習慣？
不用改，哭到眼睛紅腫是兔子的本命呀。
袋鼠我每次應徵管家，都被人當成保姆。
穿女僕裝把肚子上的袋袋遮住就解決啦。笨蛋！
喵！
喵喵！
這也行……

那師父不就是島上重量級的人物？我這個新來的是否該去拜個碼頭。
好呀，我帶你去。
就是那裡。
呼
呼
腿快斷了我。
羊央擋在門口。
我折！
我折！
啊！
咩！
為什麼要折羊！
鬧一波你為什麼要折羊！
怎樣？（折羊的諧音）
開
折羊是有門鈴的功能啦！
咩！

師父的禪意

新來的小伙子，有什麼想問的呀？
啊！太好了！
我想知道，為什麼派來這的警察都沒見到呢？？跑去哪了？？
???
???
師……師父……喂！
Hello!
……
……
咩……
ZZZ
師父已經入定，下次請早。
是……是怎樣啦！

歐痞康新聞 OBK NEWS

師父的日常

對於常常飄來飄去，好像很有事的師父，也是大家很想了解的角色。歐痞康記者這次化身成狗仔（本來不就是嗎），偷偷地跟蹤師父，看看他平常在做什麼。清晨五點，就像一般的銀髮族，睡不著覺的師父，在羊央的叫聲中醒來了。

因為昨天已經刷好假牙，所以只要套起來就可以了（這麼細節）。放了羊央出去吃草，師父開了電視，吃著養生沙拉，形成門裡門外都在吃草的畫面。

早上八點開始接受島民的心理諮詢，因為身處山巔，沒人這麼早上來，所以其實是師父吹著口哨泡茶的時間。吃完午飯，睡午覺到三點，開始有人來諮詢，胡亂說到五點，就看看夕陽關門打烊了。吃完豐盛的晚餐，洗好假牙，沒有洗澡，因為要留給下山去澡堂，然後看一下八點檔就入睡了，這麼廢的生活真令人稱羨呀（這麼廢的文也能當記者也令人稱羨）。

人物介紹

阿公

阿嬤的老公，有夢遊的習慣，因此常常被誤認成喪屍。眼睛張開的時候應該和彗星來地球的時間差不多（啊不就一生只開一次），因為這樣，有沒有在睡覺也不曉得，常常要摸鼻子的氣息確定是否還活著。

瑀蟲

有次被朋友 A 撿到交給鬧一波研究，被研究了一下不知道是什麼就被遺忘了。長得好像是蟎蟲卻又不是，但身上長有腫瘤，為了以示區別，就取名「瑀蟲」。超隨便的風格和本家族成員很搭。

人物介紹

師父

隱身在歐痞康島的山巔上，因為沒有自來水又離水源處太遠，所以全身充滿著濃厚的「癬」氣，所以下山去洗泰國浴是他最大的嗜好。平常好像是島民們的心靈導師，但到底開導了什麼咧？

羊央

隨時跟著師父，是師父最疼愛的寵物。有一種大家看到牠，就會忍不住想折牠的超能力，為什麼會「這樣」（折羊）？至今仍是一個謎。據說折羊時發出的叫聲有門鈴的功能，是唯一合理的解釋。

鬧5波
神隱少年A

水溝孔裡冒出無神的雙眼，
難道是「他」？

神隱少年A
IT
巡邏，巡邏，咦？這是……

你……你是誰！
為什麼躲在下水道？

你……你看得到我？
不然咧！你是鬼喔？
別擔心，他是我邊緣人的朋友A。
我還以為抓交替的咧！
A？他沒有名字喔？
因為他存在感太低，有名字也沒用。
類隱形
嬰兒期因為半夜自己起來抓周，爸媽才知道他的存在。
殺人狂？
鬼娃？
校長在發畢業證書時，才知道有這個學生。
A（誒）？
大學替暗戀的女同學修電腦……

修好後女同學以為遇到靈異事件……
自體修復嗎？
他家的袋鼠管家常常趁主人不在時……
喂，我在……
這片波多野袋鼠的好像不錯。
AV
你看得見他，天生註定是朋友啦！
但還是只有你們兩個在聊耶！
趁有鏡頭時多露臉。
雖然不起眼，但這也是他的優點，我決定請他……
當臥底！
扶空氣眼鏡
怎麼樣？我是不是很有智慧？
撚鬚
忍不住佩服我自己。
但歐痞康島有什麼事需要臥底呀？
不知摔第幾次
哎喲！

那個慈善大老背後應該有許多壞事，很值得臥底呀！
這樣喔！那臥底費怎麼算？
我和慈善大老很熟，應該好賺。
我查一下，時薪五百……
靠！公家預算真好消化！
那不就非我莫屬！歐痞康島的無間道！
氣勢好強。
我……又被無視了嗎？
每天要交調查報告……
沒問題！錢幾號入賬？

歐痞康新聞 OBK NEWS

朋友 A 隱身時在幹啥？

看過許多隱身故事的讀者，最羨慕的就是可以藉此做些平常做不到的（壞）事。朋友 A（以下簡稱 A）平常怎麼利用這個超能力，就讓我們繼續看下去……A 其實是個外冷內熱的少年，雖然外表很邊緣，但有顆火熱的心，對於戀愛這檔事也有著無限的憧憬。

火辣的莉莉出現在眼前，男人的目光很容易看起來像變態，只有 A 能肆無忌憚地從頭打量到腳，也無人發覺。雖然有這樣的小確幸，但卻有更多的小不幸。例如樓上澆花總是澆到他，重點是澆花的人完全無感。過馬路時更要小心，綠燈走斑馬線還常常被撞到，車主下車還左右張望以為中邪遇到鬼：「沒東西為什麼會有撞到的聲音呀？」

A 覺得自己和大家處在平行時空，這樣想的話，突然覺得自己好厲害，因為這個時空好像只有他自己，這麼地孤傲特別。但要命的是，這樣的孤傲特別，還是只有他一個人知道。

鬧6波 莉莉的徵友

只有一朵花，自然變島花。
島花公開找男友啦！

莉莉的徵友
莉莉是歐痞康島的女神。
是沒別的女人了吧？
POLICE OFFICE
我這種身材，在這個男人眾多的地方很危險耶，警察大人你想想辦法啦！
推
噁！

莉莉的徵友

咳咳，也是。保護島民是我的責任，所以……
清理清理
替莉莉辦一個徵友大會！
有男朋友蒼蠅就不會接近了！
因為篇幅有限，接下來就由我龍爸來主持節目了。
自肥的事島民都很會！
莉莉，妳想怎麼選？
能說出打動我芳心的話就行了。
你連規則都不用想喔？
第一位，修個椰子皮師傅。
妳的臉好似我賣的鞋墊！
OUT
朋友A。
我……我還沒說耶！
OUT!

阿公。
啊啊！
哩厚大膽！
阿嬤幫我OUT了……
師父。
色即是空……
OUT!
空你媽媽！
慈善大老。
跟我一起做善事吧！
嗟！
嗟！
嗟！
和你在一起我才是做善事咧！
OUT!
有著超高身高的阿東。
郎咧？郎咧？
OUT!
大師的姨丈。
要吃黃瓜嗎？
罵吉大哥。
YO！YO！
你們兩個廢柴之前都還沒出現過吧？
OUT!

都沒有好男人嗎？看來只有主持人自己出馬……
迴旋踢預備備……
哇啊！
OUT!
別吵了，今天起，莉莉就是我的翅仔。
啊？鬧一波哪來的自信？
我是這部作品的主角，不選我就關版囉！
哎喲，好帥！
有權有女人，真是千古不變的真理呀……
權貴在哪？我是打擊特權的郝棒棒！

歐痞康新聞 OBK NEWS

鬧一波與莉莉的假日約會

繼阿公和阿嬤這對神仙眷侶之後，歐痞康島很久沒有沉浸在戀愛的氣氛中了（也太久，應該半世紀有了吧）。

徵友大賽中脫穎而出的鬧一波，終於可以和女神莉莉展開第一次的假日約會。鬧一波難得正經和認真，看了許多戀愛的華劇、韓劇、日劇，在家裡沙盤推演，掛滿了晴天娃娃，萬一下雨還準備了多種備案，就為了這次珍貴的約會。

莉莉打電話：「鬧一波不好意思，我感冒了，今天不能約會了。」讀者以為會有這樣的爛梗作結束嗎？錯！本書哪是這麼隨便（呼～還好讀者有人先預測，不然本來真的打算這麼進行的說）。所以，當天果然是風光明媚的好天，鬧一波和莉莉手牽手，情意無限地度過了美好的一天，完。（記者被追打）

人物介紹

朋友 A

因為太邊緣，所以到現在都還沒有名字，只能暫時以「朋友 A」來稱呼。神隱是他的超能力，就算站在萬人的舞台上，台下的觀眾還是看不見他。很適合做臥底，但因為看不到他，所以還是沒人找他。

袋鼠管家

朋友 A 的管家，據說來自澳洲（不然呢）。沒經過應徵就自己天天跑來上班，做了什麼家事也沒人知道。喜歡斜眼看人，但怎麼看還是看不到朋友 A 的存在。愛看某種動作片，偶像是波多野袋鼠。

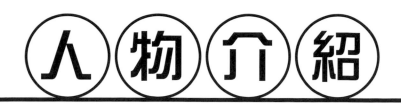

人物介紹

莉莉

歐痞康島的島花，本書的女主角（應該吧，就當作是好了）。因為徵友活動認識了鬧一波，展開了錯縱複雜的關係。必殺技是迴旋踢，聽說月亮的坑洞，都是被她踢過的人撞上所造成的。

大師的姨丈

留著一頭像黃瓜串的頭髮，總是穿著籃球隊員的制服。聽說年少時想成為 NBA 球星，沒當成就變這樣子了。另外有個長得很像的媽媽，還有頂著苦瓜頭的阿姨，因為篇幅關係被省略了（泣）。

鬧7波

女超人阿嬤

家族中最有力的永遠是阿嬤，
看阿嬤大顯嬸威！

女超人阿嬤
阿嬤看似小鳥依人，其實是個女超人。
小鳥？
注意：本篇多以台語發音。
正義感是她天生的使命。
!!!
啊！

為蝦米坐博愛座！
啊？全車都是空位耶，阿嬤！
堅持維護老人坐博愛座的正義。
用力坐下！
壓！
啊……
看到有人群聚集，就知道要出任務了。
頭前有歹擠！
……
……
閃啦！
郎攏嘎哇閃邊！
阿嬤哇來囉！
阿嬤過紅海
這一粒一哇摳的芭樂，攏總愛啦！
拚命裝！
拿
啊！
歐巴桑力大爆發！
超特價

千里傳音也是她的神力之一。
鬧一波凳來呷噴喔！
還能瞬間讓他人移動。
撞！
屏屏屏……
我臉上又多一個洞了啦！
我們先將鏡頭轉到歐痞康島的森林中……
今天你就是我兒子！
啊……這樣好嗎？
因為兒子熊鑽被靠北邊市政府擄走，因此患上強迫收養症的熊媽媽。
別抓我，我剛看到那邊有個嬰兒。
啊？真的嗎？
哇！
社會是溜溜鰍鰍，娃底甲抓泥鰍～

我對泥鰍過敏……
我覺得不行！
我覺得可以！
啊！阿嬤！
社會溜溜鰍鰍，他底外靠熊危險，
嘟好伊尬哇又穿著祖孫裝。
哇來收養伊！
阿嬤最強的力量，就是……愛！
揪古錐厚！
隔壁厝邊會說老蚌生珠啦！
嘔娃～
阿嬤要記得報戶口！
這回我只有一個鏡頭。

歐痞康新聞 OBK NEWS

Baby 的身世大調查

Baby 雖然看似天真無邪，但應該是歐痞康島謎團最多的人物。

為什麼自己在森林裡玩？為什麼手總是抓著泥鰍？歐痞康新聞台不是浪得虛名，越無聊的問題，越想深究真相。和他身世唯一可能有連結的就是手中的泥鰍，所以記者趁著 Baby 睡著的時候，偷偷問了泥鰍是怎麼一回事，結果出人意表，非常驚人！

原來 Baby 是童話故事《金斧頭，銀斧頭》裡河神的兒子。河神和整個人掉進河裡成年的小紅帽戀愛了，這次小紅帽不選斧頭，選中了河神。幾年後生下了 Baby，小紅帽因為產後憂鬱症離家出走，傷心的河神常常魂不守舍，一次不小心踩到泥鰍滑了一跤就仙逝了。難過的 Baby 只好緊抓著泥鰍不放，因為他覺得抓住兇手，爸爸就有可能回來……（記者拭淚）

鬧8波

正邪有夠力

有圖未必有真相，
眼睛看到的事實或許不一樣！

正邪有夠力
罵吉大哥是歐痞康島教父級的人物。
只要叫我一聲罵吉大哥，我什麼事都幫你。
罵吉大哥！
水妮又跑來刷存在感，是嗎？
The Godmachi
看似黑道的他，暗地裡幫助不少人。
駱駝雞腿堡
感謝大哥幫我調雞胸肉，不然我要倒閉了。
是怕你用自己的肉充數呀。
好說，好說。
聽說這和他年少時的一件事有關。

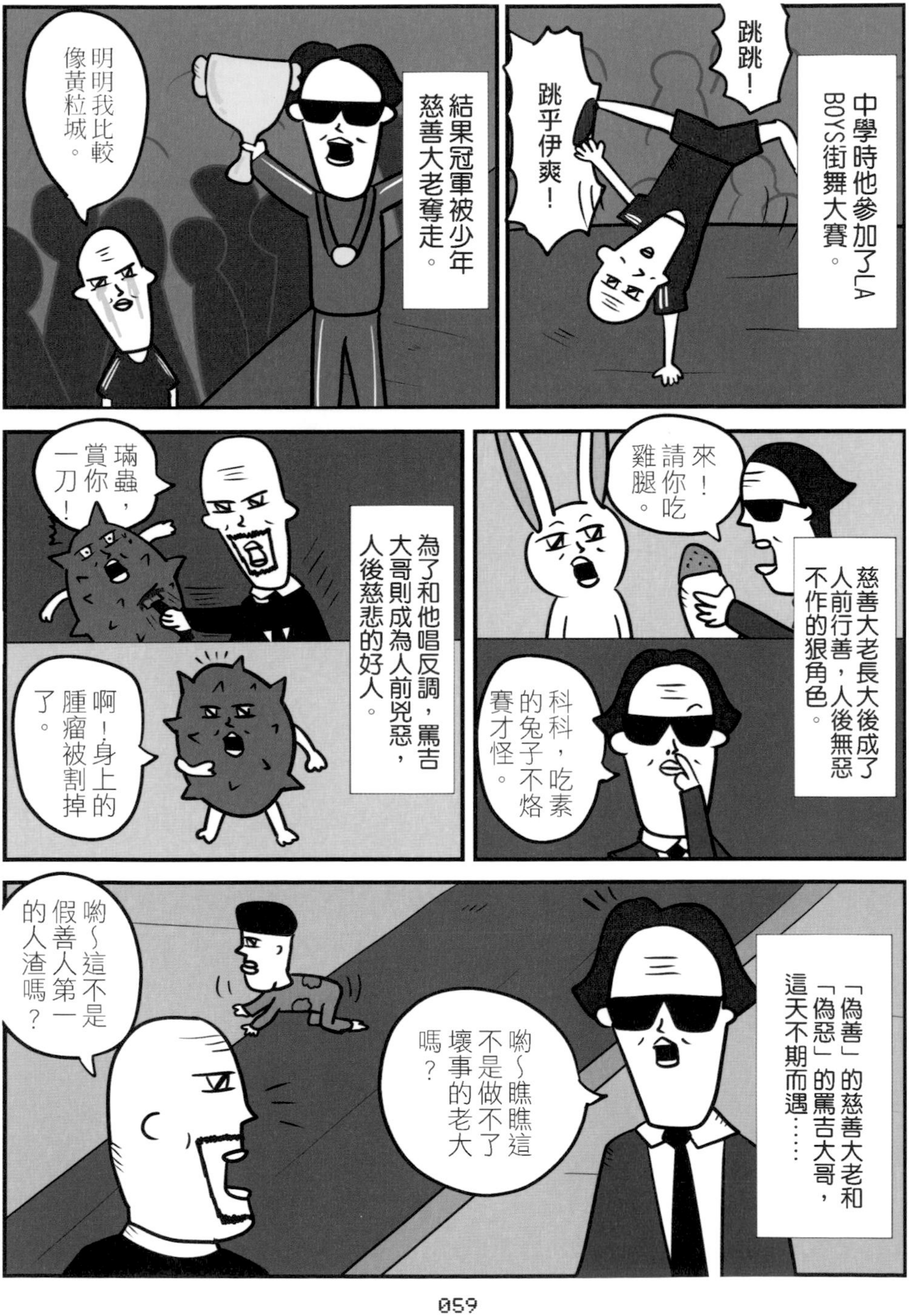
中學時他參加了LA BOYS街舞大賽。
跳跳！
跳乎伊爽！
結果冠軍被少年慈善大老奪走。
明明我比較像黃粒城。
慈善大老長大後成了人前行善，人後無惡不作的狠角色。
來！請你吃雞腿。
科科，吃素的兔子不烙賽才怪。
為了和他唱反調，罵吉大哥則成為人前兇惡，人後慈悲的好人。
璊蟲，賞你一刀！
啊！身上的腫瘤被割掉了。
「偽善」的慈善大老和「偽惡」的罵吉大哥，這天不期而遇……
喲～瞧瞧這不是做不了壞事的老大嗎？
喲～這不是假善人第一的人渣嗎？

你如果能真幹件壞事，我以後就叫你大哥！
你如果能真幹件好事，以後你說什麼我都聽！
拆
拆
看我把龍爸的破屋拆掉！
我重新蓋豪華公寓送他！
龜也能換新殼了。
我把羊央的嘴封住，師父就沒人應門了！
嗚……
我幫師父裝智慧型的電鈴！
……
阿米託佛，舞郎否？

我把超高阿東的腿砍斷！
啊！
我找名醫把他的腳接好！
他終於有正常身高，也能露臉了！
我把這條路敲個大洞！
我馬上鋪一條高速公路！
啊～
先住手！我是警察！
啊～
兩位合作無間、熱心助人、造福鄉里，特頒獎狀以資表揚！
獎狀
獎狀
啊？怎麼會這樣？
我不用臥底，打工費沒了……

歐痞康新聞
OBK NEWS

罵吉大哥不為人知的過去

就像前面漫畫中提到的，大家只知道長得像黃粒城，參加過「LA BOYS」街舞大賽。其實，他最早崇拜的人物是尤勃連納（這時大家一定滿頭問號，不知道的朋友請上網搜尋，雖然搜尋到了還是滿頭問號）。

後來喜歡的是巨石強森、馮迪索、傑森史塔森……慢著，慢著，怎麼都是光頭呀！沒錯，人家說你長得像哪個明星，通常你就會很愛那個明星，所以他就是喜歡光頭！

如果理由就這麼單純，那歐痞康新聞台也太落漆！記者旁敲側擊，從疑似失智的阿公口中得知，年少時的罵吉大哥，因為街舞大賽輸給了慈善大老，有了出家的念頭，毅然決然地剃掉了頭髮。就在這個時候，剛好師父要去泡湯，天暗踢到石頭絆倒，罵吉大哥扶起了他，於是師父說了一句：「光頭的光只照亮自己，不如照亮別人。」頓悟的罵吉大哥於是秒還俗，從此以幫助他人為志業。

人物介紹

阿嬤

大師的阿嬤，是「歐巴桑力」戰鬥值破表的女超人。聲音很 MAN，是全家族的精神支柱，一手帶大來路不明的 Baby，被罵越多越能感受到她的愛，也是讓阿公一生只愛她一個的主要原因（吧）。

Baby

莫名其妙在森林被撿到，莫名其妙被收養的小孩。手中總是抓著泥鰍把玩，滑溜溜的泥鰍在他手中，就像如來佛手中的孫悟空，永遠逃不開他的掌心。阿嬤計畫把他訓練成攀岩選手（可能）。

人物介紹

罵吉大哥

因神似某位資深藝人而得名。貌似黑道的大老闆，但實際上思考條理分明，行事果斷又實際，是個常常幫助島民的大哥。因為當街舞大師的夢想幻滅，一氣之下總是穿著筆挺的西裝，脫離了跳舞人生。

慈善大老

歐痞康島最有錢的大人物，據說做了不少慈善事業，但傳說只是傳說，到底幫助了誰大家還是一頭霧水。似乎是靠走私軍火和販毒起家，因為沒證據又披著慈善的外皮，因而從來沒有被起訴過。

鬧9波

捉迷藏大賽

郝棒棒施展大絕，
最厲害的戶口普查！

捉迷藏大賽
第一次領到薪水的郝棒棒，心裡有些忐忑不安……
到任一個月好像沒做什麼事，
ATM
存摺
而且之前派來的警察到底跑去哪裡了呢？
（其實是怕自己也被消失）

難道要挨家挨戶去找，找……
有了！我有好方法了！
郝棒棒似乎想到了什麼好主意。
（不妙）

ON AIR
於是他打開了島上的廣播器。
各位鄉親早安！
今天郝棒棒領薪水了，我想用這筆錢做件有趣的事。
該不會是想選島長吧！
那就是捉迷藏大賽！如果午夜前我能捉到全島居民，就請大家吃新貴派！
那只有拜拜時才吃得到耶！
讚！
這遊戲的邏輯是請大家盡量被他捉嗎？
有禪意。
在空蕩蕩的路上，捉迷藏大賽開始了！
大家動作也太快！
捉到了！
最先找到的是水妮。
沒養過貓厚？貓沒在理人的。
變電箱

朋友A！
還藏這？你沒新梗嗎？
錯！我是力氣很大的妹妹！
啊！
騙人！明明長一樣！
不然你哥跑去哪？
在這裡呀！我們雙胞胎啦！
一次捉到兩個！
都怪作者臉畫得一樣。
哎喲！
人還會藏在哪呢？
你是牛頓喔？
修個椰子皮師傅！
有點好找厚。

捉迷藏大賽

兔子！
不是中秋節你也找得到！
好智障。
龍爸！
縮進龜殼你也找得到！
正在防蟎晒棉被的瑀蟲！
啊！
在偷看兒子寫真集的熊媽媽！
熊?讚寫真集
啊……
還在營業的駱駝老闆！
順便來份雞腿堡。
景氣不好，日子還是要過呀！
駱駝
雞腿堡

歐痞康新聞
OBK NEWS

傳說中美味的炸雙胞胎

如果你問阿公阿嬤最懷念什麼味道？他們一定會告訴你：「是炸雙胞胎的味道！」數十年前歐痞康島上最有名的小吃，就是由夫妻臉夫婦經營的炸雙胞胎攤。「來喔，好吃喔！雙倍好吃的雙胞胎喔～」這是深夜裡最令人開心的叫賣聲。

大概天天面對雙胞胎的緣故，夫妻臉夫婦後來生下了一對雙胞胎，還是龍鳳胎。剛開始老婆留在家裡照顧小孩，但是因為生意太好，等到小孩稍微懂事以後，老婆就一起出去做生意了。被留在家裡的雙胞胎，因為缺乏親情，具有邊緣人的傾向，哥哥變成不愛說話存在感很低的人，妹妹則為了發洩情緒，變成力氣很大的人。為了讓兄妹倆回到正常的生活軌道，夫妻臉夫婦決定收掉攤子好好陪伴他們，因此這美味只能在傳說中出現了。

這對雙胞胎就是朋友 A 兄妹，而夫妻臉夫婦因為感到慚愧，不好意思再公開露臉，也因此成了傳說。

鬧10波
最終大解密

調派來的警察消失之謎
終於解開！

最終大解密
延續上一回的捉迷藏大賽。
羊央！
GOT YOU！
在俏皮幾點？
桑拿

桑拿浴
SAU
有羊央，應該就有師父。桑拿店……該不會……
可惡，我都沒去過……
嚼嚼

我……我是來探視泰國和芬蘭的弟子啦！
您慢洗，我去捉別人了！
BYE BYE
師父！
啊！
姨丈和袋鼠管家！
還好不是因暴露被捕。
三分球！
87
隔壁的三溫暖再捕獲慈善大老、罵吉大哥！
怎麼感覺有基情？
撞到月亮的阿東！
啊
找阿嬤的Baby！
出來找的阿嬤！
在夢遊的阿公！
好混！一格捉那麼多個。

開
隨時在廁所補妝的莉莉!
變態!色狼!
只剩一個古靈精怪、詭計多端的鬧一波……
我在這裡!
啊?
馬上出現!
你……你是有多愛吃啦!
自動現身?
新貴派快點拿出來吧!
不行!規則是找到每一個島民!
之前消失的警察,我一個都沒找到!
追根究柢,
死纏爛打。
好吧,我就告訴你這個秘密!
啊?這麼容易?爲了新貴派嗎?
島上大部分的人,都曾是警察。
什麼?不要為了做效果硬是神展開啦!

因歐痞康島的居民生性善良，根本不需要警察。
雖然消失，但只要沒被證實死亡的警察，薪水還是會匯入。
所以大家假裝消失，靠這些薪水維持島民的生計。
比扯鈴還扯！這是漫畫吧！
校長我背後有動點手腳啦。
我是首任。
第二任。
第三任。
第四任。
第五任。
第六任。
第七任。
第八任。
歐痞康島是不是個樂園？要加入嗎？
這是天堂與地獄的抉擇嗎？
何時要吃新貴派啦！
完
才怪！

歐痞康新聞
OBK NEWS

阿東與不知多少大盜

關於駱駝老闆的那場沙漠風暴，歐痞康新聞來個深入報導。就像第77頁人物介紹所說的，阿東因為失志，一個人獨自地走到了沙漠之中。這時有一群不知多少大盜隨著黃沙滾滾迎面而來，大盜看見阿東超高的身高，是個具有瞭望功能的好人才，隨口問問：「好盜匪，不跟嗎？日薪領現金喔！」人在脆弱時最勇敢，阿東大膽地說：「好喔！誰怕誰！」被那麼乾脆嚇到摔下馬的盜匪，一時不知所措，但這樣又顯得太鳥，於是隨口說：「那你……你去把那邊在喝水的駱駝搶一隻過來，晚上加菜！」阿東：「好喔！」

阿東馬上把正在喝水的駱駝老闆捉起來，駱駝老闆看見阿東含淚的眼神，說：「孩子，太高不是罪呀！」人在脆弱的時候最脆弱，於是阿東放了駱駝老闆。

其實是駱駝老闆有懼高症，說那句只是為了要阿東放他下來。

人物介紹

阿東

有著超高的身高，到底有多高沒人知道，只知道長頸鹿都要抬頭看他。因為太高一直交不到女友，被發好人卡多了人也善良了。但因心理和身高都不平衡而當過盜匪，卻因為善良又拯救了駱駝老闆。

駱駝老闆

雞腿肉漢堡店的老闆。因為有一次跟同伴在沙漠中遊蕩時，被阿東和不知多少大盜抓走，差點變成了駱駝肉料理。為了滿足盜匪的口腹之欲以避免憾事再發生，研發了雞腿肉漢堡，因而聲名大噪。

人物介紹

朋友A的妹妹

遺傳到哥哥，同樣是邊緣人（遺傳不是來自爸爸是哥哥，到底是怎麼回事我想都不敢想，也許是某種魔族的基因吧）。力氣非常大，好像有跟莉莉爭「歐痞康一姐」的意圖，這點我也不敢想。

兔子

兩隻長長的耳朵是牠的特徵（在說什麼廢話）。非常調皮搗蛋，愛哭是牠的特點，因此雙眼總是紅紅的（是這樣嗎）。在本書的尋寶遊戲中擔任被彈耳的代言人，也因而獲得鼻屎寶一枚的酬勞。

持續波

展開尋寶之路！

歐痞康島面臨了重大危機！
解救的方法只有一途……

展開尋寶之路！
這天，和平的歐痞康島捎來不祥的訊息……
我去城裡修麥克風，郵差交給我這封信。
啊？是公文？
我看看……

哎呀！糟糕了！
什麼事大驚小怪，沒薪水可領囉？（衰事預言超準）

因為國家財務吃緊，
要停止撥發幽靈警員的薪水！
組團去抗議一下就好啦！
抗議
抗議
那不就不打自招！
慈善大老不是好野人？
那……是要做善事的啦！
心虛吼！
師父不是超級會募資？最近開名車耶！
最近風聲有點緊……
莉莉……
啊！住嘴！
鬧一波！我的生日禮物買了沒！
你看吧！

朋友A呢？
我看他連要到零錢都難。
修個椰子皮師傅！
我什麼都聽不到！
這些廢柴呢？
我……我看還是算了……
啊？
哎……感覺沒辦法了……
別忘了家有一老，如有一寶。
阿公，有什麼賺錢的門路嗎？
啊？
老誒，醒醒！

展開尋寶之路！

愛大賺錢喔？溫刀馬桶裡有一張祖傳的藏寶圖啦！
夭壽！哇棒賽四十幾冬都沒發現有這藏寶圖！
阿公，那是藏什麼寶？
歐痞康島有個世界絕無僅有的鼻屎寶！
是要挖來吃喔？
鼻屎寶含金量九成，而且從來沒有被找到過耶！
真的嗎？那島上的財源有救了！
出發尋寶去！
GO！GO！
有錢賺好積極！
哪時候換好裝了呀！

※請打開桌遊，翻到106頁，跟鬧一波家族們一起展開冒險！

人物介紹

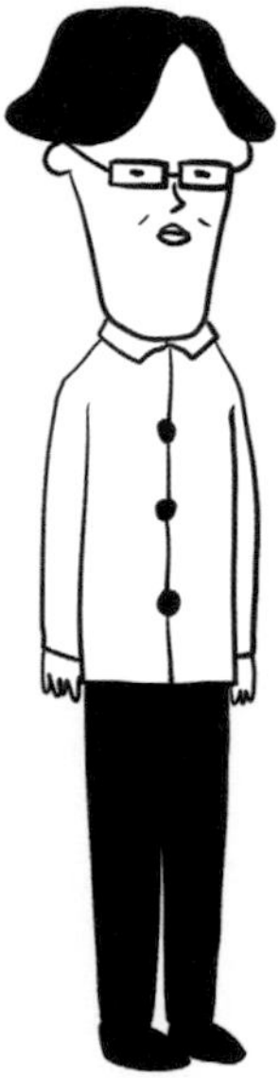

修個椰子皮師傅

從小被人說天生長得像修鞋匠，因而嘔氣改修椰子皮。因為大家只想喝椰子汁而已，所以根本賺不到錢。再度憤而回老家當老師度日，希望改變大家的看法，從修鞋匠變成教書匠的氣質（徒勞無功）。

熊媽媽

在森林中生活，常常踩到石頭而跌倒。因為兒子熊鑽被靠北邊市政府抓去當吉祥物，因而有了看見什麼都想收養的心理疾病。從胸前的「V」字紋判定應該是台灣黑熊，不過被國寶級的黑熊嚴正否認。

番外波

鬧一波大師的私房寶

作者的自言自語

打開「鬧朵拉」的盒子，
看看裡面有什麼好料！

about DREAM

念念不忘，必有迴響

每天叫醒我的不是鬧鐘而是夢想！

現實生活中

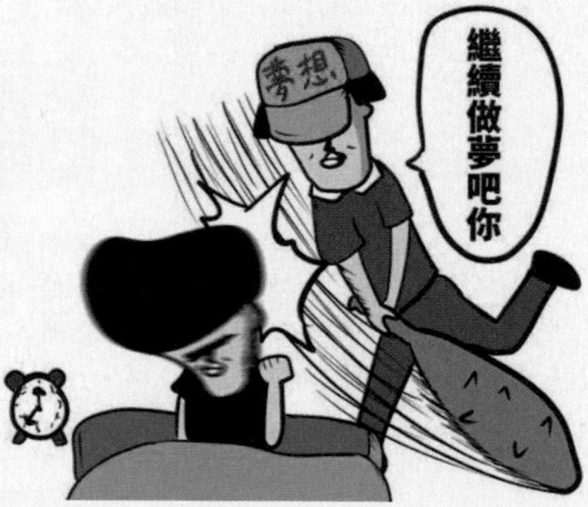

念營建工程的我，照理說應該去工地打水泥，做久了應該可以升監工（吧）。但有個夢我天天做它，天天想著它，那就是畫圖這檔事。

電影《一代宗師》裡有句名言：「念念不忘，必有迴響。」我覺得很受用，在這部電影上映的那年，我真的出道開始做我喜歡的事了。接下來我要一直想：「陳意涵是我女朋友……」

about HINT

暗示也是種可怕的力量

你有沒有這種經驗？半夜突然起來看時鐘，它剛好指著 4:44 分！而且不只一次，好幾次都是這樣！這時候疑心生暗鬼，就會開始有不好的聯想……是死神在暗示我什麼嗎？我是不是最近凡事該小心注意了？越想越心慌，越心慌就越睡不著，然後撐到早上很累地起床，這時老媽就會說：「你是夢遊還是遇到鬼？怎麼一臉喪屍樣？」

原來……這不吉利的數字果然是有暗示意義的。

about DESTINY

生活就是一首命運交響曲

一出門即落雨

挑戰雨神稱號的我

「出門就下雨」「沒帶傘就下雨」「洗好機車就下雨」……有時候我都懷疑，自己是不是《楚門的世界》裡面的楚門，導播室有個監視器一直偷看著我，搞得我很狼狽，然後看著這幕的觀眾們不停地訕笑著。

直到在書店看了某本勵志書，解釋這是老天爺對我的考驗，是你要成大器前的試煉。看完之後我有平衡一點，但看著正妹永遠穿得漂漂亮亮有車載，不怕颱風下雨，不免還是覺得老天爺到底要我成為多偉大的人呀……

about INSPIRATION

腦海中稍縱即逝的禮物，就是領悟

發燒有時會領悟一些人生道理
但退燒就會忘記了:)

從以前就常聽說，禪修的和尚因為一片落葉，科學家因為一顆從樹上掉下來打到頭的蘋果，突然腦神經衝破了什麼關卡，馬上了解了什麼事，因而對個人或社會產生了重大的影響。

這種靈光乍現的想法，應該就是「領悟」吧。我也常常希望人生能有這樣的一刻，但畫著「鬧一波家族」，感覺自己好像是朝著腦殘的方向邁進，這……這……該不會也是一種「領悟」吧！

about FREQUENCY

頻率不對，激發生存意志

頻率對的人怎麼聊都好聊

頻率不對的人怎麼聊都尷尬難聊

邊緣人都有一種經驗，和同好（都喜歡動漫、AV、模型之類的。糟糕，連舉的例子都這麼邊緣）相聚的時候，每個人都變成邊緣界的馬雲，侃侃而談，隨便說都是經典語錄。但是難得有個妹願意跟你吃飯時，就算只是三分鐘的泡麵，卻感覺像三百天這麼長（對妹來說也是），半天想不出一句話，最後只能像天線寶寶擠出一句：「妳好……」（聲音還顫抖），還沒等到你第三個字說出口，妹就已經回到家洗洗睡了。

「原來是我們頻率不對呀……」邊緣人就是靠這句話，勇敢地活到現在。

about SUFFERING

台下比台上精采的人間劇場

當看電影瘋狂被踢椅背時

我曾在看電影《異形》時，當異形張開血盆大口，即將吞噬人類緊張之際，「喀喀喀……」咦？異形吃東西的聲音好清脆呀！而且還有肉香味，我不是看 4D 的戲院呀！回頭一看，有個肥仔啃著鳳爪看著我。被後面的人踢椅背也是非常惱人的事情，尤其踢的人刺龍刺鳳，就只能假裝沒事，但身為沒事的人卻一直在抖動，感覺變成很有事，但明明就不干我的事呀！

戲院是人生的修羅道場，但……受折磨的代價（入場費）好像越來越貴，這是不是「吃得苦中苦，方為人上人」的概念呢？

about HEALING

享受邊緣人的寧靜，一個人也能很紓壓

以「鬧」為業的我，面對世界的紛紛擾擾，最嚮往的就是可以躺著一整天，什麼事都不做，放空自已，享受寧靜的甜美。（水妮表示：沒女友邊緣人的你，除了趕稿，不就一直處於孤獨放空的狀態。）

貓咪是一個人時最佳的伴侶，看著牠、理著牠的毛，身心靈都獲得紓解，所有的疲憊都隨之消散，尤其就在完成這本書的這個時刻……

（水妮表示：鑵鑵咧？到底要放飯了沒啦？）

遊戲規則
請從第 106 頁
讀起！

遊戲獲勝後的
神祕連結

●後退 1 步牌

▶任選顏色石格後退 1 步，如後面石格皆有阻擋者，則越過退後 2 步。

STEP 13

最先到達終點【GET ！鼻屎寶】的任何一石格者即為優勝，遊戲結束。

★顏色牌和命運牌抽完，洗牌後再重新抽牌。

●前進 2 步牌

▶不需依顏色牌，無條件前進 2 步，不受前人阻擋限制，可以越過他人前進。

●前進 3 步牌

▶不需依顏色牌，無條件前進 3 步，不受前人阻擋限制，可以越過他人前進。

● 四個區域牌：

直接前往牌子顯示的該區，任選一塊顏色石格，在下一輪繼續前進。如就在該區，等同暫停一次，但可以換顏色石格站立。

▲前往龍爸之海

▲前往師父之巔

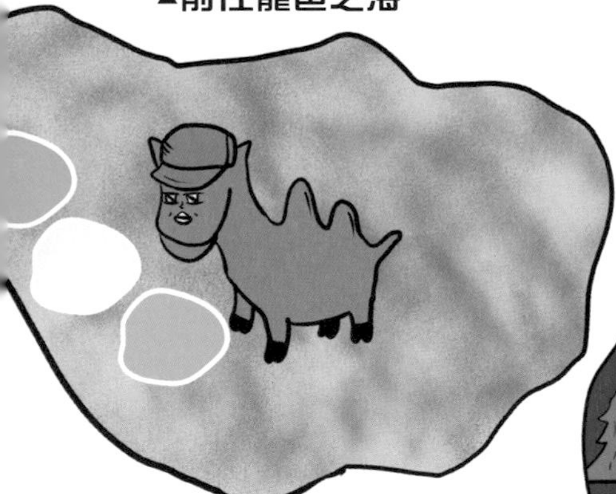

▲前往駱駝之漠

▲前往熊媽之森

●交換身分牌

▶和你的下家互換棋子位置，下一輪才可繼續前進

（如遊戲者為兩人，則和對手，無上下家之分）

●暫停一次牌

▶暫停一次，等下一輪繼續前進

STEP 12

命運牌種類：

●互動牌

▶做一次伏地挺身後，即可繼續前進

▶挖一次鼻孔後，即可繼續前進

▶和上家猜拳，贏即可繼續前進，輸被上家彈耳一次才可繼續前進（如遊戲者為兩人，則和對手，無上下家之分）

▶和下家猜拳，贏即可繼續前進，輸被下家彈額一次才可繼續前進（如遊戲者為兩人，則和對手，無上下家之分）

STEP 9

如路徑中有他人在阻擋在前，則須停止前進。

STEP 10

打出幾張顏色牌，就從牌堆補充幾張顏色牌，手中一直保持有 5 張牌。

STEP 11

到達【龍爸之海】【師父之巔】【駱駝之漠】【熊媽之森】四個區域，則需馬上抽「命運牌」決定下一步的動作，並依據牌面指示行動。抽過的命運牌面朝上置於旁。

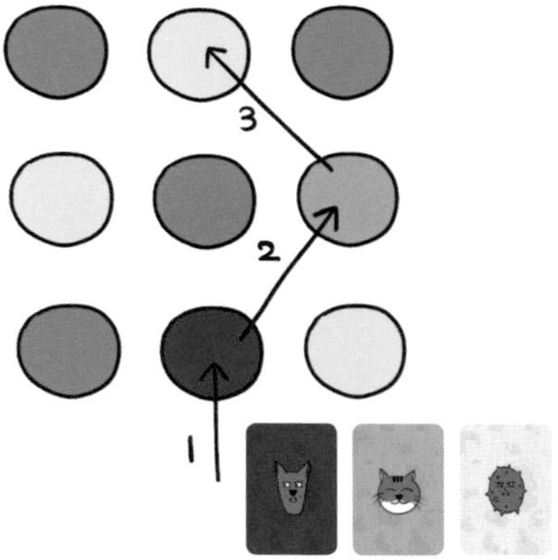
3
2
1

STEP 6

走一格打出一張和石格顏色相應的顏色牌，前進路徑只能選所處該格相鄰的石格。打出的牌顏色面朝上置於旁。

一次前進最多
打5張牌!

STEP 7

有幾張相應的顏色牌就可繼續走幾格，最多打出 5 張（手中所有牌）即停止。

1.沒牌
3.換一張可以
前進的牌
2.丟一張
不要的牌
丟一張換一張，
換到可以前進的牌
為止。

STEP 8

如手中無相應顏色牌可前進，可以再抽補充牌換牌，換到一張可以前進的牌為止。打出此牌後，如手中有其他牌可以繼續前進，則可繼續。

STEP 3

猜拳決定先後順序，先行者可以優先選取棋子。

STEP 4

由第一位玩家發給每人5張顏色牌，剩下的顏色牌置於旁邊，即為補充牌堆。

STEP 5

自行選定起點【GO！尋寶去】所站的位置，選定的那格不需要出牌，接著打顏色牌，並依相應顏色的石格前進。

交換身分牌 2 張

【備用牌】

顏色牌 2 張，命運牌 2 張

（如有遺失損壞可替換）

遊戲規則：

STEP 1 將尋寶遊戲的圖紙平鋪在桌上或平坦處。

STEP 2 將顏色牌和命運牌分開，兩種牌洗牌後置於圖紙旁。

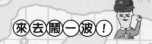

【命運牌】

互動牌 4 張

做一次伏地挺身
做完後得以前進

挖一次鼻孔
挖完後得以前進

和上家猜拳
輸被彈耳一次
贏則得以前進

和下家猜拳
輸被彈額一次
贏則得以前進

區域牌 4 張

前往
龍爸之海

前往
師父之巔

前往
駱駝之漠

前往
熊媽之森

前進 3 步牌 3 張，前進 2 步牌 3 張
後退 1 步牌 2 張，暫停一次牌 2 張

搭乘慈善大老超跑
前進3步

阿公夢遊加碼夜行軍
前進2步

和莉莉墜入愛河耽擱
後退1步

和朋友A一樣被無視
暫停一次

角色棋子 4 只：

請依圖卡說明剪下，析好、黏貼即可。

紙牌：共 64 張

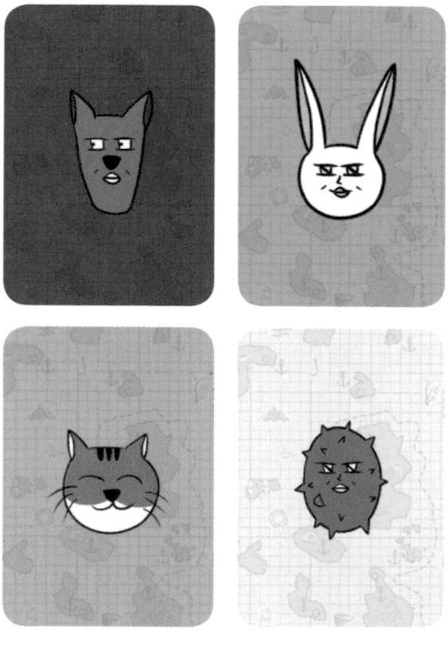

【顏色牌】

紅色袋鼠牌 10 張

藍色兔子牌 10 張

綠色水泥牌 10 張

黃色瑞蟲牌 10 張

- 支援人數：2 ～ 4 位玩家
- 遊戲時間：約 30 分鐘
- 建議年齡：4 歲以上

遊戲介紹：

運用顏色牌前進，從起點【GO！尋寶去】出發，看誰能最先走到終點【GET！鼻屎寶】即獲勝，歐痞康島上鬧一波家族的生死存亡就靠你了！

遊戲內容物：遊戲圖紙 1 張

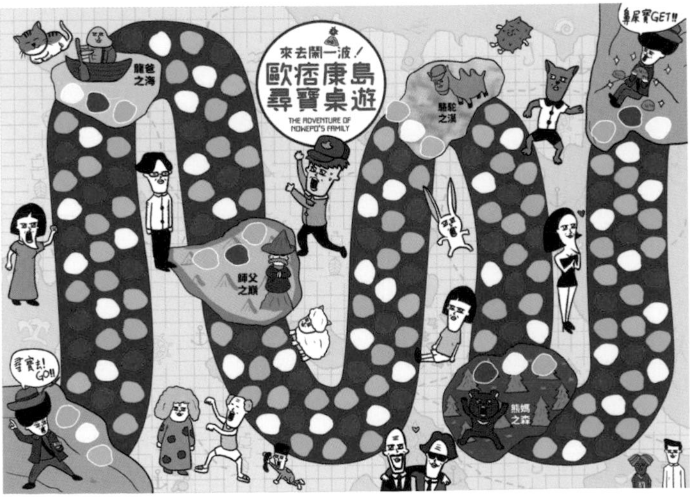

歐痞康島尋寶桌遊

遊戲規則

Eurasian Publishing Group
圓神出版事業機構
用心與你對話．視野無限寬廣
圓神出版社
Eurasian Press

www.booklife.com.tw reader@mail.eurasian.com.tw

TOMATO 070

來去鬧一波！：歐痞康島尋寶桌遊【1書＋1桌遊】

作　　者／鬧一波大師
企畫協力／ FOREST
發 行 人／簡志忠
出 版 者／圓神出版社有限公司
地　　址／台北市南京東路四段50號6樓之1
電　　話／（02）2579-6600．2579-8800．2570-3939
傳　　真／（02）2579-0338．2577-3220．2570-3636
總 編 輯／陳秋月
主　　編／吳靜怡
專案企畫／沈蕙婷
責任編輯／林振宏
校　　對／林振宏．吳靜怡
美術編輯／潘大智
行銷企畫／詹怡慧
印務統籌／劉鳳剛．高榮祥
監　　印／高榮祥
排　　版／莊寶鈴
經 銷 商／叩應股份有限公司
郵撥帳號／ 18707239
法律顧問／圓神出版事業機構法律顧問　蕭雄淋律師
印　　刷／國碩印前科技股份有限公司
2018年2月　初版

定價 499 元　ISBN 978-986-133-644-2
版權所有．翻印必究
◎本書如有缺頁、破損、裝訂錯誤，請寄回本公司調換
Printed in Taiwan

登入鬧一波的驚奇小宇宙！
4 到 400 歲都能一起同樂，鬧好鬧滿！
所有家族角色的身世秘辛首度大公開，
最爆笑的故事、最有梗的桌遊，雙重滿足，一次擁有！

——《來去鬧一波！歐痞康島尋寶桌遊》

◆ **很喜歡這本書，很想要分享**

圓神書活網線上提供團購優惠，
或洽讀者服務部 02-2579-6600。

◆ **美好生活的提案家，期待為您服務**

圓神書活網 www.Booklife.com.tw
非會員歡迎體驗優惠，會員獨享累計福利！

國家圖書館出版品預行編目資料

來去鬧一波！：歐痞康島尋寶桌遊【1書＋1桌遊】/
鬧一波大師著. -- 初版. -- 臺北市：圓神, 2018.02

112 面；14.8×20.8公分 --（Tomato；70）

ISBN 978-986-133-644-2（平裝）

855 106024273